Schweinchen

„Schweinchen" ist Band 1 der Larubel-Trilogie

Weitere Bände:
Band 2: Brille
Band 3: Zitronenlimonade

Lars Ruppel

Schweinchen

Lektora-Verlag

Paderborn

Erste Auflage 2009

Lektora-Verlag
Fürstenbergstraße 21 a
33102 Paderborn
Tel.: 05251 6886809
Fax: 05251 6886815
www.lektora-verlag.de

Druck: Docupoint, Magdeburg
Coverdesign: Carina Hagel
Covermotiv: Lydia Dykier
Layout Inhalt: Annette Grzechca

Printed in Germany
ISBN: 3-938470-33-X

Für Reinhard

Inhalt

Vorwort 1

Lars und der Garten

Wer mich auf meinem Weg vom Bahnhof nach Hause verfolgt, steht nach ungefähr 20 Minuten mit mir vor einem schönen Fachwerkhaus inmitten Marburgs Altstadt. Darin wohne ich mit 8 wunderbaren Menschen zusammen. Neben diesem Haus ist ein Garten. Keine 30 qm. Als ich vor 3 Jahren dort einzog, war der Fußboden des Gartens überhaupt nicht begehbar. Brombeer, Ahorn und Efeu wildwuchsen, ohne von irgendjemandem gestresst zu werden. Der Garten hatte eine hässliche Frisur und als Naherholungsfläche noch weniger Wert als der Duisburger Hauptbahnhof nach 22.00 Uhr.

Der erste Schnitt glitt im darauf folgenden Sommer durch das Geäst. Ich kaufte Handschuhe und rauchte verschwitzt Zigaretten, am Spatenstil gestützt mein Werk betrachtend. Was ein Garten werden sollte, wurde unser Denkmal. Wir verbauten die Steine, die wir im Boden fanden, zu einer Stellfläche für Tische und Stühle, außerdem einen Fußweg, der durch eine ausgetüftelte Randbegrenzung sicher Jahrhunderte überstehen wird, und einen gemauerten Grill, der so viel Luft durch eine Einsparung unter dem Rost zieht, dass man nie wieder fächeln muss, lächeln aber sehr wohl. Dann haben wir noch einen Bierkühlschrank gebaut. Das ist ein knietiefes Loch im Boden mit Deckel drauf. Da bleibt das Bier immer erdkühl! Und die Kühle der Erde ist eine feinere als die Kühle des Schrankes!

Der Mittelpunkt des Gartens ist ein Kirschlorbeerbaum. Hoch gewachsen und reichblättrig spreizt er seine Äste über unsere Köpfe. Für die rechte Beleuchtung sorgt ein Lichtbrunnen: Eine stammnah in den Boden eingegrabene Leuchte strahlt die lackenen Blätter des Kirschlorbeers von unten an und zeichnet die Gesichter der Nacht wie einst Caspar David Friedrich.

Immer wenn wir einen Quadratmeter Boden urbar gemacht oder ein weiteres Stück Weg fertig gestellt hatten, hatten wir alle den selben Impuls: Wir wollten draufpissen. Wahrscheinlich ein archaisches Überbleibsel, das nur durch naturnahe Handarbeit Einzug in unser souveränes Alltagsleben finden konnte. Weil wir so schüchtern sind und um uns herum Leute wohnen, haben wir das dann nur spätnachts gemacht. Ich näherte mich dem Boden an. Seit ich mich häufiger im Garten aufhalte, habe ich ein besseres Gefühl für das Wetter entwickelt. Ich erkenne regenwillige Wolken und kann sie von jenen unterscheiden, die nur drohend mit Graustufen fuchteln und dann weiterziehen.

All die Pflanzen, die heute dort wachsen, wo früher dunkel Dickicht herrschte, sind lustige Gesellen. Der Rhabarber hat riesige Protzblätter, das muss man neidlos eingestehen. Der turmhohe Topinambur wankt im Wind. Die rote Beete kämpft tapfer um die Vorherrschaft im Hochbeet, verliert aber nach und nach das Rennen um das Licht gegen Kapuzinerkresse und Sonnenblume. Die Karotten werden leider nicht überleben.

Zu dominant und lichthungrig wogt sich der Radieschenwald durch das Beet hinten rechts. Und was sich nicht gegenseitig das Zeug zum Leben stiebitzt, wird von den Schnecken gefressen. Scheißviecher, die. Ich habe den Nachbarskindern für jede inhaftierte Schnecke 10 Cents versprochen. Ich glaube aber, dass sie mir jedes Mal dieselben Schnecken zeigen. Sie sind viel klüger als ich. Die Schnecken und die Kinder. Eine Lösung wäre ein Schweinchen. Grunzfidel und schmutzliebend. Mit der Nase im Boden und dem Arsch im Wind nach Schnecken schnuppernd. Sich satt fressen und Gutes tun, so ist es recht. So wollen wir sein.

Noch vor einigen Jahren hätte ich mich sicher nicht für einen Garten begeistern können. Alles, was mich an Ort und Stelle halten konnte, gehörte in die Blödmannkiste. Gärten waren für mich etwas, in das man fällt, wenn man besoffen über einen Zaun klettert. Verpflichtungen wie das Gießen einer Pflanze oder das Putzen eines Zimmers wirkten auf mich beengend. Ich sah mich schon Baupläne für Jägerzäune auf der Rückseite von Bausparverträgen skizzieren, wenn ich über die Anschaffung einer Matratze nachdachte. Mobil und leicht wollte ich sein, sodass ich mich und meine wenigen Habseligkeiten jederzeit in einem Paket an einen anderen Ort schicken lassen konnte. Heimat und die damit verbundene örtliche Konstanz ist etwas, das sich Spießer auf die Türklinkenschoner sticken.

Fortsetzung „Lars und der Slam“ im Band „Brille – Lars denkt nach“, ab 15.10.09 bei Lektora.

Bread Pitt

Wenn man mich früge, und man fragt mich oft, zu allen möglichen Dingen, aber wenn man mich früge, was ich denn für ein Brot nach meinen Wünschen büken ließe, von einem Bäcker, der mich fragt, was er mir denn für ein Brot backen dürfe, dann würde ich Folgendes sagen:

„Lieber guter Bäckersmann, mach mir doch bitte ein Brot, so rustikal, einem Toastbrot so unähnlich, das sich, ohne trocken zu werden, in diese Hall of Mehl einreihen kann."

Leipziger Hartteig
Bonner Weizenklump
Kölner Kevlar Kruste
Freiburger Schanzer
Augsburger Hartblock
Berliner Straßenstein
Elsässer Zahntod
Schweriner Grobkante
Tiroler Mehlbrocken
Lausitzer Roggenkümmel

Mühlhausener Pfund
Licher Starkbier Roggenbockbrot
Hamburger Walnussanker
Appenzeller Kasstriemen
Frankfurter Mehloschi
Das Bochumer Schwarze
Gelsenkirchener Kumpelstulle
Gambecher Hirsestoo
Lüneburger Heidekloben
Münchner Sauerbrumpler
Wiener Schlupfteigli
Schlesischer Knusperdonner
Pumpernickel alias the one and only Black Death
Amsterdamer Grachten-Hauer
Texas Bone Bread

Ein Brot, bei dessen Zubereitung 50 % der Bäcker sterben
Ein Brot, an dem Geschichte hängt
Ein Brot, das nur von Bäckern ab dem 70ten Lebensjahr gemacht werden kann, weil das Rezept in Sütterlin geschrieben ist
Ein Brot, das den ganzen Frühstückstisch zittern lässt

Ehrfürchtig erzittert der Kaffee und all die
anderen Nahrungsmittel bilden einen ganz
großen Kreis um das Brot
Ein Brot, so gehaltvoll, dass es den
Frühstückstisch in die Brotkorbrichtung
kippen lässt
Ein Brot, das in einen Brotkäfig gepfercht
werden muss. Körbe sind was für kleine
Katzen
Ein Brot, das sich wehrt, wenn man Nutella
draufschmiert
Ein Brot, das nur blutige Hausmacherwurst
an sich ranlässt
Ein Brot, auf dem sich die abgehangenste,
würzigste, ungarischste Salami total
undeftig vorkommt
Ein Brot, auf dem sich jede Wurst fühlt wie
Bärchenwurst
Ein Brot, das man getrost mit einem Steak
belegen kann
Ein Brot, das man nur mit einer
Brotmachete beschmieren kann, alles
andere bricht entzwei
Ein Brot, das Jesus niemals hätte brechen
können

Wenn Oblaten der Leib Christi sind, dann
ist mein Brot der Leib Satans
Ein Brot, das die Sache mit dem
zerbröselten Toast wie einen Unfall
aussehen lässt
Ein Brot, mit dem man sich vor Strahlung
schützen kann
Ein Brot, das die Wölfe anheulen
Ein Brot, mit dem man Ölwannen stopft
oder Dächer flickt
Ein Brot, dessen Konsum mit
Drogenbluttests nachgewiesen werden kann
Ein Brot, das auf jeden Fall schwer im
Magen liegt
Ein Brot, wo auch kein Rennie hilft
Ein Brot, das den Handyempfang stört und
in Boxen diesen „Obacht-gleich-klingelts"-
Störton macht
Ein Brot, das immer auf dem ersten
Verkaufsregal liegt, damit die Bäckerin es
nicht so weit hochwuchten muss
Ein Brot, das nicht im Biomüll entsorgt
werden kann, sondern kontrolliert gesprengt
werden muss
Ein Brot, mit dem sich die Schwächeren auf
dem Schulhof wehren können

Ein Brot, auf das man sich verlassen kann
Ein Brot, das selbst nach drei Tagen auf hoher See noch nicht einen Tropfen Wasser aufgesaugt hat
Das Brot vor dem Sturm
Ein Brot, das die Apokalyptischen Reiter in der Mittagspause essen
Ein Brot, das George Bush ganz sicher getötet hätte. Liebe Brezel: Die Idee war ja ganz gut, aber lass da mal den Profi ran
Ein Brot, das man nach dem Sex isst oder raucht
Ein Brot, aus dem man Hallen bauen kann, die nicht andauernd einstürzen
Ein Brot wie ein Schuss in der Stille
Ein Brot, so körnig kernig männlich, dass man davon nur eine Scheibe abschießen kann

Ein Brot, das da gewesen wäre, im richtigen Moment am richtigen Ort, als Rudi Carrell starb
Ein Brot, das Frauen so behandelt, wie Frauen es verdienen

Ein Brot von Welt, aber kein Brot für die Welt.

Ein Brot für mich.

Vor dem Waschsaloon

Neben einem Schweinepfuhl
Auf einem morschen Schaukelstuhl
Quietscht ein Opa hin und her
Schaukelt nun mit einem „Yeah“

Seit er nicht mehr reiten kann
Jeden Tag die Straße lang
Schaukelt langsam, schaukelt schnell
Meistens doch Richtung Bordell

Die Cowboys waren zu jener Zeit
Nicht mehr das, wofür sie weit
Und breit gefürchtet waren
Mit Geierkacke in den Haaren

Blutverschmierten Westernwesten
An denen ja sogar die besten
Schärfsten Indianerpfeile
Zerbrachen in die Einzelteile

Stiefel, deren Sohle ohne
Rücksicht traten den Schoschone
In den Allerwertesten
Das traf sogar den Härtesten

Vorbei die Zeit des groben Zechens
Als man wegen eines Lächelns
Flog noch mit der Hand am Biere
Durch Türen mit Schwingfederscharniere

Wo ehemals auf wilden Pferden
Sheriffs ritten, um zu sterben
Im Duell mit den Halunken
Die Frauen raubten in Spelunken

Die niemals ihre Zeche zahlten
Deren Colts im Halfter strahlten
Jene, die sich niemals putzten
Nie 'ne Zahnbürste benutzten

Und selten in den Spiegel sahen
Ach, was das für Zeiten waren

Mit den Jahren wurden Gringos
Immer öfter wie Flamingos
Trafen sich am Waschsaloon
Um sich vom Bügeln auszuruhn

Häkelarbeiten vergleichen
Sich Cremes empfahlen für die weichen
Cowboyhände und Gesichter
Abends funkeln dann die Lichter

Ihrer letzten Gauloises
Sie flüstern ihre Au Revoirs
„Es war mal wieder richtig nett“
Um 8 müssen sie dann ins Bett

Kurz nach den ersten Sonnenstrahlen
In denen sich Hyänen aalen
Scharrt ein Hengst mit seinen Hufen
Die früh schon große Schatten schufen

Oben auf dem Pferderücken
Saß James und schob in groben Stücken
Kautabak zwischen die Zähne
Eine Hand fest an der Mähne

Denn James ritt immer ohne Zügel
Ohne Sattel, ohne Bügel
Ohne Rast und ohne Ziel
Weil ihm das Feeling gut gefiel

Als Outlaw zwischen tristen Tagen
Von einer Nacht zur nächsten jagen
Überall gefürchtet werden
Wo er war, wird einer sterben

James stieg ab und spuckte aus
Zertrat noch eine Wüstenmaus
Und ging in Richtung Schaukelstuhl
Direkt neben dem Schweinepfuhl

Der Schaukelopa musste schlucken
Wenn er könnte, würd er spucken
Wenn der Hals nicht trocken wär
Ungeladen sein Gewehr

Und außerdem im Schrank verschlossen
Er hat seit Jahren nicht geschossen
Zumindest nicht mit einer Waffe
„Ob ich's noch nach Hause schaffe?"

Fragte er sich, doch schon stand
James vor ihm im Wüstensand
Er beugte sich zu dem Versehrten
Vom Schützenverein einst geehrten

Greis und sprach „Hör auf zu schaukeln
Ich hörte, wie die Menschen munkeln
Es gäb hier einen Waschsaloon
Ich muss dir doch nichts Böses tun

Hör mir zu und sei recht wachsam
Sonst wandern meine Hände langsam
Zu den Revolvern in den Taschen
Also sprich, denn ich will waschen“

Das tat Not, so wie er stank
„Gegenüber“ „Vielen Dank“

Unter James’ Stiefel bogen
Sich die Dielen auf dem Boden
Wo schon den ganzen Morgen lang
Cowboys vor dem Schonwaschgang

Bei einem kleinen Morgen-Sektchen
Schwatzten über die Problemchen
Die den modernen Cowboy plagen
Jeder hat sein Kreuz zu tragen

Was nun geschah, geschieht heut ständig
Der Einzelne ist selten trendig
Die Masse drückt und macht sich schwer
Sie trägt sich selbst, aber nicht mehr

James verlor sein Angesicht
Im Angesicht der Mode
Er schlug mit Kamm und Haute Couture
Sein wahres Ich zu Tode

Er verließ den Waschsaloon
Bunt wie ein Chamäleon
Der Opa konnte seinen Augen
Das was sie zeigten, nicht mehr glauben

Tränen liefen ihm in langen
Bächen über seine Wangen
Tropften vor ihm auf den Boden
Während bei den Pferdetrogen

Sich vor Lachen Pferde bogen
Luft durch ihre Nüstern sogen
Ein vom Wind verwehter Indianer
Krachte in den Mexikaner

Der just beim Kacken in die Wüste
Vor Lachen innehalten musste
Oben auf dem Galgenbalken
Konnten sich Geier kaum noch halten

James stand da und roch sehr gut
In Seidenhemd und Sonntagshut
Griff so ruhig wie in Slow Motion
Nicht nach der Ringelblumenlotion

Sondern nach den zwei Kanonen
Dem Schwarzpulver und den Patronen
Dem Wurfmesser (besonders scharf)
Zog die Sicherung und warf

In den Saloon zwei Handgranaten
Drei Sekunden banges Warten
Bis nach einem lauten Knall
Cowboys lagen überall

James ließ nur sein Pferd am Leben
Der Schaukelstuhl kaputt daneben
Lag der Opa still und tot
James ritt in das Wüstenrot

Und die Moral von der Geschicht:
Schminke ändert ein Gesicht
Einen Cowboy jedoch nicht.

Outro:

Yippie Yaha, Yippie Yahey
Dinge ändern sich und manchmal tut das weyey
Yippie Yahi, Yippie Yoho
Nostalgie ist auch nicht mehr das, was sie mal woho

Glück im Unglück

Als ich meinen verloren geglaubten Geldbeutel zurückbekam, kontrollierte ich voll Sorge den Inhalt: Null Euro und null Cent. Gott sei Dank, noch alles da.

Unterdosis

Und als meine Gedanken unvorsichtig an der vergangenen Zeit entlangschabten, krümmte ich mich auf meinem Hocker nahe der Bar zusammen und ließ mir neuen Alkohol (Gin pur) bringen, der sich durch Krümmung meines Handgelenkes, ohne doof zu fragen, in meinen halb offenen Mund schütten ließ. Wenigstens das konnte ich. Jeder versehentlich zugelassene klare Gedanke förderte Bilder der letzten Nacht (Freitag auf Samstag) zu Tage, und genau das wollte ich vermeiden. Darum war ich hier. Jeder nicht getrunkene Schnaps (auch mal Korn) ließ meinen Kopf durchatmen, und das raubte mir vor Schmerz den Atem. Gleichzeitig wuchs mit jedem Schluck die Unerträglichkeit der Gewissheit, jetzt in diesem Moment etwas zu verdrängen. Ein Teufelskreis, dem mich auf lange Sicht nur die Sperrstunde entreißen konnte.

Ich wand mich auf der Sitzfläche und vergrub mein Gesicht in meinen verschränkten Armen. Sie würden mich finden, ganz sicher. Zu verschwenderisch hatte ich die Spur gelegt. Wie riesige Brotlaibe im Wald oder ein armdicker roter Wollfaden führte sie direkt in diese Kaschemme. Zu mir.

Man wird sie sicher bald finden. Sie hatte lebendige soziale Kontakte und trieb Mannschaftssport (Volleyball). Mannschaftssport ist eine nützliche Betätigung, denn sie weist andere Menschen wortlos aber deutlich auf das eigene Fehlen zum verabredeten Zeitpunkt hin. Die Lücke in der Spielaufstellung wirft sofort Fragen auf und führt nach erfolglosen Anrufen zu besorgten Besuchen der Mannschaftskameraden. Die stehen vor der verschlossenen Tür und vermuten schnell das Schlimmste. Dann kommt eins zum anderen: Klingeln bei den Nachbarn (Keine Ahnung), Anruf bei einem Schlüsseldienst (über die Auskunft), 110 (Polizei) und zum Schluss die Spuren am Tatort (Ich).

Ich bin immer sehr brav gewesen. Als es zu dem schrecklichen Unfall kam, war ich bei klarem Verstand. Ich hatte kaum getrunken.

Wir lernten uns früh am Abend kennen und hatten offensichtlich die gleiche Idee von kurzweiliger Abendgestaltung. Im Bett gab ich mir richtig Mühe. Schon nach einer Minute war ich nass geschwitzt. Sie hat nicht grade geschrien. Vielleicht hat sie noch nicht einmal schnell geatmet. Ich weiß es nicht mehr, denn ich verbrannte im Feuer der Leidenschaft und war darob nicht sonderlich aufmerksam. Ich vergaß alles um mich herum und nach 4 (2) Minuten war ich fertig. Das ist guter Durchschnitt bei mir. Doch im Gegensatz zu meinen bisherigen Beschäftigungen als Geschlechtspartner wuchs bei mir dieses Mal statt Müdigkeit ein starkes Schuldgefühl. Ich ließ mir nichts anmerken und rauchte. Sie zog sich ihren Bademantel an und ging in das Badezimmer. Von dort kam sie nicht wieder zurück. Nach der dritten Zigarette stand ich auf, um nach ihr zu schauen. Ich klopfte vorsichtig an die Tür und öffnete sie mit entschuldigenden Worten.

Sie lag auf dem Rücken. Ihre Augen schimmerten rot. Offenbar hatte sie still geweint.

Es war kein Schmerz in ihrem Gesicht. Mehr eine tiefe Enttäuschung. In ihren verzweifelten Augen verlor sich eine tiefe Traurigkeit. Alles Gute war von ihr abgefallen. Eine zu Tode gelangweilte Frau. Gestorben an meiner fantastischen Unzulänglichkeit als Geschlechtspartner.

Menschen unter Schock benehmen sich komisch. Ich zog mich an und ließ meine Telefonnummer auf dem Küchentisch liegen.

Vier Männer betraten den Raum und erkannten mich schnell als denjenigen, dem sie ihre Ausweise zeigen mussten. Ich wehrte mich nicht und nahm meine Strafe mit Würde zur Kenntnis.

Im Gefängnis blieb mir bis heute die Bekanntmachung mit der wilden Welt der Männerliebe erspart.

Hier kennen alle meinen Namen und wissen, wozu ich in der Lage bin (nicht).

Sich poetisch beschweren

Es ist schon wieder viertel vor Nacht
Und mein Wecker klingelt um sieben
Mich dräut, Ihre Musik ist schon wieder
wach
Oder seit gestern wach geblieben

Schlafen Sie wohl, aber denken Sie dran
Sie werden mich nie wieder sehen
Ich stech Ihnen nämlich die Augen aus
Damit wir uns richtig verstehen

Ach, wo ich schon da bin, wär'n Sie so nett
Und liehen mir ein Liter Zucker?
Dann mach ich mir nämlich noch einen Tee
Sie dämlicher Motherfucker

Meine Mitbewohnerin Julia

Lieber Lars
Schöner Tag heute, nicht wahr? Du, ich wollte dich um was bitten: Kannst du bitte dein Geschirr kurz abwaschen, bevor du es in die Spülmaschine stellst? Ich musste heute schon das dritte Mal diese Woche gallertartigen Schmodder mit dem Finger aus dem Sieb pulen.
Liebe Grüße
Julia

Liebe Julia
Wo du grade von gallertartigem Schmodder sprichst: Dein Freund hat angerufen. Du warst nicht da, also habe ich gesagt, dass du duschst. Da mussten wir beide lachen, weil ja jeder weiß, dass du dich niemals wäschst. Zumindest erzähl ich das überall herum. *unschuldigguck*.
Dein
Lars

Lieber Lars
Lol. Ist o. k. Danke für die Kanne Kaffee heute Morgen. Entschuldigung angenommen. ;)
Schönen guten Morgen
Deine Julia

Liebe Julia
War gar kein Kaffee. Schön, dass es dir trotzdem geschmeckt hat (ist ein Geheimrezept).
Grüße
Dein
Lars

Hey Lars
Viel Spaß in Hamburg.
Julia

Liebe Julia
Bin wieder zurück. War klasse. Und ich bin wirklich überrascht! Wie hast du es nur geschafft, dass mich der Moderator des

Poetry Slams als ‚Gaylord Adolf 3000' aus Dippoldiswalde angekündigt hat? Und dass du mir meine Texte aus der Tasche geklaut hast, habe ich echt erst in Hamburg gemerkt. War aber nicht so schlimm. Ich hatte ja dein Tagebuch dabei.
Dein
Lars

Lieber Lars
Leute gegen dich aufzuhetzen geht grade ganz leicht. Irgendwie scheinen grade viele Menschen sauer auf dich zu sein. Vielleicht liegt es daran, dass ich dich in deinem Namen zum Spitzenkandidaten der NPD Hessen gemacht habe.
Liebe Grüße
Julia

Liebe Julia
Mensch ich wusste ja gar nicht, wie einfach es ist, eine Unterschrift zu fälschen. Heute habe ich dich exmatrikuliert. Dann habe ich deiner Mutter geschrieben, dass du von

einem Crack-Junkie schwanger bist, und deine Seele an eine rumänische Selbstmordsekte verkauft.
Dein
Lars

Hey Lars
Ich soll dich von meinem Freund Wotan fragen, ob er seinen Schlagring in deinem Gesicht hat liegen gelassen. Er kann ihn nicht mehr finden. Er dürfte silber sein und rot, ich denke du kennst ihn. Ich hoffe, du hast nette Bettnachbarn und die Operation ist gut verlaufen.
Besorgt
Deine
Julia

Liebe Julia
Die Polizei hat Drogen in deinem Schreibtisch gefunden. Und Waffen unterm Bett. Und eine Leiche im Schrank. Ich hoffe, du hast nette Zellennachbarn und die Ganzkörperuntersuchung ist gut gelaufen.
Dein
Lars

Hallo Herr Ruppel
Bin auf Bewährung draußen.
Bis gleich
Julia

Liebe Julia
Klasse, wie schnell du im Knast das Tätowieren mit Haarspangen gelernt hast. Ich finde, die lila-gelbe Blume im Gesicht steht mir ausgezeichnet. Aber womit hast du mich eigentlich betäubt? Auf jeden Fall habe ich davon sturzbachartigen Durchfall bekommen. Schau es dir am besten selbst an. Er liegt auf deinem Laptop.
Dein
Lars

Hallo Lars
Wenn du dein Auto suchst, es steht am Bahnhof. Auf Gleis 4.
Grüße
Julia

Liebe Julia

Rückblickend möchte ich die Zeit mit dir nicht missen. Es ist sehr schade, dass du gehen musstest, aber ich wünsche dir tolle letzte Tage mit deinen Glaubensbrüdern und -schwestern in der stillgelegten Quecksilbermine unweit der Wolga. Der neue Mitbewohner ist klasse. Heute hat er mich gebeten die Dusche nach der Benutzung trocken zu wischen. Er weiß noch nicht, wie es läuft, aber er sollte sich eine neue Zahnbürste kaufen.

Liebe Grüße

Dein

Lars

Wechselhaftes Wetter Mitte Juni

Ich friere, weil ich noch kein Holz geschlagen habe.
Als ich entdecke, dass ich auch keine Eiswürfel habe, schwitze ich.

Brot weint –
The Return of the living Bread

Für und wie Katze Schuster

Brot weint.
Frage Brot, was los ist.
Brot schweigt.
Von mir aus.
Brot weint schlimmer und schließt sich im Bad ein.
Brot schließt sich sogar eine ganze Stunde im Bad ein.
Kenne ich so gar nicht.
Mache mir Sorgen.
Um mich.
Ich muss kacken.
Brot macht die Tür auf.
Stoße Brot zur Seite und schließe mich im Bad ein.
Vergesse alles um mich herum.
Komme wieder zu mir.
Entschließe mich zu gucken, was Brot macht:
Hallo sagen.

Brot hat sich in der Küche eingesperrt.
Höre wie Brot schluchzt.
Habe schrecklichen Hunger.
Sage, dass ich Hunger habe und mein Mitgefühl Grenzen.
Breche die Tür auf.
Merke, dass die Tür gar nicht abgeschlossen war.
Frage Brot, ob die Tür schon immer nach innen aufging.
Brot findet das lustig.
Schmunzeln mischt sich unter Schluchzen.
Brot will das aber nicht zeigen.
Wendet verlegen den Kopf ab.
Niedlich.
Schmiere mir eine Stulle.
Brot isst die Wurst immer so.
Setze mich neben Brot.
Boxe Brot auf die Schulter, wie man einen traurigen guten Freund boxt.
Boxe nochmal.
Brot sagt, dass es nie wieder ein Wort mit mir redet, wenn ich es noch einmal boxe.
Denke: „Harte Kruste, weicher Kern.“
Sag ich nicht.
Denk ich nur.

Brot sagt, dass die Welt scheiße ist.
Ich sage nix.
Brot fragt, ob ich denn überhaupt noch etwas fühle.
Ja.
Würde Brot gern weiterboxen.
Hat Spaß gemacht.
Bitte Brot, sich genauer auszudrücken.
Brot erzählt vom vielen Leid auf der Welt.
Brot will nach Afrika fahren, um den Menschen dort zu helfen.
So Typen fehlen dort an allen Ecken und Enden.
Weiß nicht, ob Brot das jetzt ernst meint.
Sage, dass Brot nach der Geburt wohl zu kurz im Brotkasten war.
Lache heftig über meinen Witz.
Frage Brot, wann es zuletzt in den Spiegel geschaut hat.
Brot will stattdessen was spenden.
Wahrscheinlich wieder von meinem Geld.
Brot geht nie arbeiten.
Es ist sich selbst sein täglich Brot.
Sag ich nicht.
Denk ich nur.
Brot will auf andere Gedanken kommen.

Schlägt Kino vor.
Ich will lieber Tanzen.
Kann man besser flirten.
Brot fragt mich, wann ich das letzte Mal in den Spiegel geschaut hätte.
Brot sagt alles, was es denkt.
Bewundernswert.
Ziehen uns Klamotten an und gehen los.
Brot sucht Film aus.
Mir ist es egal.
Kartenfrau sagt, dass man nix zum Essen mitbringen darf.
Brot schwört, nichts zu essen dabei zu haben.
Frage mich, ob wir daheim überhaupt einen Spiegel haben.
Brot ist total sauer.
Will Kino kaputt machen.
Gehen wieder nach Hause.
Brot bleibt plötzlich stehen.
Sieht einen Opa, der Enten füttert.
Mit Brot.
Opa wird total angeschrien.
Ob ihm das Spaß mache.
Brot bietet Opa heftige Schläge an.
Opa lehnt ab.

Opa hat ganz schön Angst und haut ab, so schnell er kann.
Kann nicht so schnell.
Lobe Brot für seine Zivilcourage.
Denke, dass sich so mancher eine Scheibe von ihm abschneiden könnte.
Der Spruch ist so scheiße, den denk ich lieber nicht mal.
Brot meint, dass sich so mancher eine Scheibe von ihm abschneiden könnte.
Brot geht bei Rot über die Ampel und wird überfahren.
Zu Recht.

Besorgniserregend

Wie schlecht es um die hessische SPD wirklich steht, wurde mir bei einem Anruf in der Parteizentrale bewusst.
Anrufbeantworter: „Willkommen bei der SPD Hessen. Leider sind wir im Moment nicht in der Lage, an das Telefon zu gehen.“

Das Unwesen

Das Unwesen lebte vor kaum 50 Jahren
Als grad alle wieder voll Hoffnung waren
Tief in den Wäldern von Eschborn
Hinter den Feldern voll goldenem Korn

Sein Fell war grau und voller Löcher
Es hatte Pickel noch und nöcher
Seine Augen schauten dämlich
So wie ein Brot oder so ähnlich

Seine Stimme glich einem Jaulen
Es roch als täte es verfaulen
Sein Charakter schwach und strittig
Seine Nase nicht ganz mittig

Mit nur zwei Freuden auf der Welt
Andren Böses tun und Geld
Es trat die kleinen Babyhäschen
Schlug den Rehkitzen aufs Näschen

Es musste aus dem Wald verschwinden
Und sein Glück woanders finden
Doch bald schon wurd es aufgenommen
Es hat 'nen Scheißjob angenommen

Wodurch es heute jeder kennt
Als hessischen Ministerpräsident

Prolog

Egoman und Lobotoni

Egoman und Lobotoni wohnten zusammen in einer verlebten Mansarde im dritten Stock eines Mehrfamilienhauses im Regierungsviertel in Berlin. Egoman saß meistens auf einem Stuhl in der Küche und wartete auf ein Problem. Lobotoni hingegen hockte einfach so in seinem Zimmer.

Bei einem Ausflug in die Lombardei vor zwei Jahren hatte er sich einen Parasiten eingefangen, der ihm hörbar schmatzend die rechte Gehirnhälfte wegsnackte. Doch eben jener Umstand machte Lobotoni zum einzigen und besten Mitbewohner für Egoman.

Lobotoni hatte sich vorgenommen, die Erlebnisse mit Egoman als Mitbewohner aufzuschreiben und später vielleicht bei einem großen Verlag zu veröffentlichen. Wenn er an seinem Buch schrieb, saß er vor einem Blatt Papier und ließ Speichel auf die Zeilen geifern. Erstaunlicherweise beendete er auf diese Art und Weise schon erfolgreich sein Jura-Studium und arbeitete als Oberster Richter im Amtsgericht Marburg. Doch in seiner Freizeit war er von ganzem Herzen Lobotoni, der treue Helfer von Egoman, dem Retter von sich selbst.

Egoman war noch sehr jung, als er seine Superkräfte entdeckte. Als er in der Schule nur sich von sich selbst abschreiben ließ, dachten seine Eltern zunächst an ein verfrühtes Eintreten von Altersdemenz. Doch schon bald stellte sich heraus, dass Egoman zu Höherem bestimmt war. Immer wenn es irgendwo Schwierigkeiten gab, wenn das Schicksal grausam zuschlug und die Hoffnung schwand, wenn Not und Leid auf dem Speiseplan das Hauptgericht waren, wenn irgendwo ein Hund weinte oder ein Kind getreten wurde, dann war Egoman sicher irgendwo und ließ es sich gut gehen.

Kapitel Eins

„Egoman und Lobotoni genießen ihre Freizeit“

Es war an einem Samstagabend und Egoman saß in seinem goldenen Neoprenanzug der Marke Speedo mit dem aufgenähten „E“ auf seinem Stuhl in der Küche und erfreute sich an seiner eigenen Zufriedenheit. Besonders genoss er das buttrige Gefühl des angeschwitzten Neoprens auf seiner Haut. Wohlig grummelnd schloss er die Augen. Plötzlich ertönte eine Alarmsirene in seinem Kopf. Er brauchte seine Hilfe! Was war los? Egoman stand auf und versuchte, diese verworrene Situation zu überblicken. Mit seinen geschulten Sinnen stellte er eine kühne Diagnose von erstaunlicher Präzision: Ihm war langweilig!

Egoman sprang behände in Lobotonis Zimmer, dessen Tür er schon lange ausgebaut hatte, um ihn besser beobachten zu können. Lobotoni saß in seinem RTL2-

Schlafanzug vor dem Fernseher. Der Fernseher war eingeschlafen, Lobotoni lief immer noch.

Egoman packte Lobotoni am Kragen, zog ihn das Treppenhaus hinab und schmiss ihn förmlich in das von Lobotoni zu bezahlende Taxi.

Egoman verlangte den Weg in eine Disco. Er ließ Lobotoni als Pfand für seine Jacke in der Garderobe und begab sich zur Tanzfläche. Egoman liebte es zu tanzen. Dabei streckte er beide Arme weit von sich, ballte die Fäuste und wirbelte um sich tretend zum Rhythmus der Musik über die Tanzfläche. So tanzt Egoman nun mal und Egoman findet, dass er sehr schön tanzt.

Ein junger Mann mit Kragen fühlte sich von Egomans heißer Sohle bedroht und bat ihn, auf seine Mitmenschen Rücksicht zu nehmen. Dafür bekam er voll eins in die Fresse. Die Freunde des Umgehauenen gingen nun bemessert und in böser Absicht auf Egoman zu. Sie wussten ja nicht, mit wem sie sich da grade anlegten, denn er hatte sich direkt nach dem Knock-Out aus dem Staub gemacht.

Da er das Taxi für sich alleine haben wollte, verkaufte er Lobotoni teuer an ein Pharmaunternehmen und investierte das Geld in einen neuen Spiegel. Der alte war dreckig.

Marodes Gesundheitssystem

Ist es nicht paradox, dass gerade in der Gynäkologie in Zukunft mehr Abstriche gemacht werden sollen, während es in der Dermatologie weiterhin offene Stellen gibt?

In Memoriam Lars Christian

Der TSV Guantanamo Bay errichtet mir zu Ehren eine Menschenpyramide und ganz oben drauf steht Sergeant Freitag zusammen mit der Schwester von Chuck Norris und schießt mir zu Ehren wie wild in den Himmel auf Vögel, die nun zu Boden fallen.

Bäume lassen im selben Moment alle Blätter fallen und was macht man? Man lässt sie liegen. Wegen des traurigen Herbst-Ambientes.

Strände werden übervölkert sein von Spaziergängern, die gedankenverloren melancholisch aufs Meer blicken und mit ihren Tränen selbst die Salzgehaltverträglichkeit von Salzwasserfischen überfordern.

Die Sonne scheint auf Salzwasserfischrücken und auf die von Süßwasserfischen sowieso.

Verwesungsgeruch schwelt über allem, aber es stört niemanden. Haben sowieso alle Taschentücher vorm Gesicht.

Niemand stört sich an den Ratten im Treppenhaus, niemand kümmert sich mehr um Putzpläne, denn Hausmeister sitzen in ihren Kabäuschen und reparieren die alte Spieluhr ihrer Großmutter, die so schöne traurige Melodien klimpert.

Jeder sucht den Soundtrack zu seiner finsteren Seele. Alle Seelen sind finster und alle schauen finster aus dem Fenster. Da gibt's keine Unterschiede mehr, es sind alle traurig, alles ist doof und hoffnungslos.

So viel Johannisbrotkernmehl kann gar nicht gemahlen, so viele Gebete nicht gesprochen, so viele beklemmende Bilder von betroffenen Malern nicht gemalt, so viele Bundestagspräsidentenansprachen nicht gehalten werden, dass auch nur ein Bundesbürger sich je wieder seiner Rolle im Konjunkturaufstieg zuwenden könnte.

So viele Tauben, die sterben, weil Rentner lieber daheim sitzen und das trockene Brot selbst kauen und denken: „Warum er, so jung, warum nicht ich, so alt?“

So viele junge deprimierte Mädchen, die sich mein Konterfei in noch unberitzte Stellen ihrer Arme schnippeln.

Gaffitis an jede Wand gesprüht, die Frage „Warum?“ mit durchschnittlich 5 Fragezeichen und bis zu zwei Meter hoch und neonschwarz blinkend in jedem Gedanken jedes Menschen jedes Planeten.

Der große Wagen droben am Himmel soll mein Leichenwagen werden, eine Auswahl der besten Freistilringer meine Leichenträger (weil nur die Stärksten den Stärksten tragen können), das Holz von aussterbenden Bäumen zu meinem Sarg gezimmert, mein Sarg im Wald in der Hoffnung, es käme doch noch ein Prinz vorbei und küsse mich, dass der böse Apfel in mir seine Wirkung verlöre.

Und alle, alle nehmen sich bei der Hand, so viele Hände können gar nicht genommen werden, schweißig gedrückt, dass eine Menschenkette entsteht von links neben meinem Grab bis nach rechts neben meinem Grab einmal um die Erde rum.

Allerorten vernimmt man Kinderchorstimmen, die zuckersüß den eingängigen Popsong einstudieren, den Jimi Blue Ochsenknecht eigens für mich geschrieben hat und der auf allen Benefizgalen gespielt wird, in allen Hallen, in allen Ländern mit großen Hallen und wenn sie keine große Halle haben, dann kriegen sie halt eine gebaut mit Geldern aus dem UNESCO „Ruppel-Kinder-Fonds".

Gambach, wo ich meine Kindheit verbrachte, wird zur Pilgerstätte und der Tourismus macht alle Gambacher zu ‚reische Leut'.
Bärtige Männer mit wettergegerbtem Gesicht und ackererprobten Händen berichten in der Speisegaststätte ‚Zum Adler' davon, ‚wie se mich angeblisch ma getroffe hun, dass sie soen Kribbeln gespürt hun und

Musik gehört hädde, als würd de Posaune Chor n Ständche gebbe, und dass se danach einfach bessere Leut geworn soi' und dass die Ernte gut war.

Der ganze Odenwald musste zu Papier gemacht werden, so viel wird für mich geschrieben, Blutbanken verkaufen ihr Blut, damit man damit schreiben kann.

Aus den blutigen Federn der besten Slam Poeten fließen die wirklich von Herzen kommenden Requien an mich, vorgetragen auf dem Platz des Himmlischen Friedens vor Millionenpublikum. Es gewinnt Sebastian 23, aber wirklich nur, weil er einen Text von mir vorliest, und er bekommt auch noch die ganzen Groupies ab, die ihn in ihrer Trauer nicht von mir unterscheiden können.

Es kommt an, wenn man mich zitiert. Meine Zeilen in den Liebes-SMS von unbedarften Verehrern schöner Frauen. Mein Bild steht eingerahmt auf Spitzentischdeckchen auf improvisierten Altären von handwerklich begabten Familienvätern, die ihre Kinder, egal wie viele, Lars nennen. Das wird dann so was wie das Lars in dänischen Klassenzimmern, ruft man Lars, stehen alle auf bis auf zwei und die beiden haben richtige Probleme und gehen nicht gerne in die Pause und die Lehrer gucken gerne mal weg, wenn Tobias und Patrick mal wieder kräftig die Hucke voll kriegen.

Recht so!

Prügelt sie, damit sie merken, wie taktlos Spechte plötzlich klopfen und wie unorganisiert Ameisen auf einmal ihren Haufen aufziehen, weil sie sich nicht mehr auf die Arbeit konzentrieren können, sie sollen merken, dass nur der Beste jung stirbt, wie unbegründet alle je vergossenen Tränen je waren! Sie werden sie sich in die dazugehörigen Drüsen zurückdrücken.

Zurückdrücken in die Drüsen der dazu gehörenden weinenden Kinder, die auch dieses Jahr meine Auferstehung nicht zu Weihnachten geschenkt bekommen. Sie schmeißen den neuen Gameboy frustriert in die Ecke, wo Vati schon in einer Eierlikörlache liegt. Seine Lippen formen noch meinen Namen, von gelber Eierlikörkotze umrahmt. Mutti steht in der Küche und kocht wie jedes Jahr zu Weihnachten mein Lieblingsessen: Brot.

Farben sind überflüssig, alles verläuft und tropft zu Boden in den Dreck.

Alles grau in grau in grau in grau in grau in grau in grau.

Ampeln können sich nicht mehr mitteilen und ständig werden Fußgänger überfahren. Schaulustige beneiden sie, dass sie endlich wieder bei mir sein dürfen, endlich wieder Lars. „Endlich wieder Lars!“, der meistgeschriebene Satz auf den Abschiedsbriefen und Grabsteinen dieser Erde.

Mein Name auf den Warnungen der Zigarettenpäckchen ‚Rauchen tötet, siehe Lars‘.

Und endlich ein Reclam-Buch von mir, in den Händen stolzer Schüler, die vor ihren jüngeren Kollegen prahlen, dass sie jetzt endlich „den Ruppel“ lesen und anlässlich des Ruppeljahres den 2-stündigen Ruppeldokumentarfilm zum Ruppeltarif im Ruppelkino ruppeln dürfen.

Mich googelt man am meisten.

Ich bin Mittelpunkt, Mittelmeer und Atlantik. Mich gibt es nicht mehr. Lachen gibt es nicht mehr. Nichts gibt mich mehr her. Verschwunden, ohne tschüss zu sagen. Das letzte Bier mitgenommen. Den Hund getreten. Das Klo verstopft. Die Tür geknallt. Dumme Sprüche geklopft. Freundinnen ausgespannt. Behindertenparkplätze blockiert. Bruder und Sohn gewesen. Erde und Legende geworden.

Und zum Abschied noch einmal kräftig in eine Deutschlandfahne geschnäuzt.

„Unberechenbar“

Damals dachte ich, das Abitur würde mir keine Probleme bereiten. Doch ich hatte meine Rechnung ohne die Mathematik gemacht.

Kinder

Kinder!

Diese kugeligen Kulleraugenträger, spindelbeinigen Fuchs-geht-herum-Spieler, rotzbenasten Nervensäger, hippeligen Hobbit-Imitate, Heiße-Herdplatten-betatschende Nebenprodukte.

Zu Recht in Kindergärten eingepfercht, zu kurz unbeaufsichtigt und zu schnell aus dem Schwitzkasten flüchtende Menschenbrut.

Lügen, wenn sie das Nutella-verschmierte Maul aufmachen, und brabbeln so komische Sachen wie: „Mutti, schau mal, hat der viele Pickel!“ oder „Bäh, der ist ja ganz schwarz!“

Scheiß Rassisten!

Sagen, was sie denken, lassen sich schmarotzig in Kinderwagen lenken, können nicht essen, ohne zu kleckern, und spielen zu selten an Steckdosensteckern.

Fallen ständig hin und herrlich auf die Fresse, in der Hose Pipinässe und in den pokemonfixierten Augen nichts als Boshaftigkeit.

Wieso dürfen die in quietschig-bunten Mini-Einkaufswagen einem in die Hacken fahren und sind dann viel zu jung, um sie zur Rechenschaft zu ziehen? Wieso ist es denn bitte unfair, wenn ich dann mit meinem Einkaufswagen zum Rachefeldzug ansetze?

Nein! Ich kann dir nicht die Schuhe zubinden. Nein! Ich weiß nicht, wann wir da sind, und nein, ich kauf dir auch kein Eis! Warum?

Schau dich an!

Du bist halb so groß wie ich und ich bau besser LEGO als du. Mein liebes Kind, überleg doch mal, dieses Auto kann nicht fahren! Zähl die Räder! Das geht so nicht!

Außerdem mal ich schönere Bilder als du, mit fünffingrigen Menschen drauf und einer gelben Sonne drüber. Ich heul nicht bei Zahnarzt, Friseur, Gewitter, spiele mit mir selbst und nicht mit Spielzeugrittern.

Und wieso ist es denn bitte niedlich, wie sie schlafen? Bin ich nicht niedlich, wenn ich schlafe? Nein! Denn ich schlafe selten, wegen dieser Sonntäglich-auf-der-Straße-Fußballspieler. Jeder verdammte Ball, der gegen die Garage kracht, kommt auf die Abrechnung, die ich bald machen werde.

Ich reinige unser Leben von Tigerentenbrillen und Schnupfenbazillen, die sie dir mit ihren klebrigen Patschepranken ins Gesicht schmieren: „Du Onkel? Spielst du mit mir?“

Na klar.

Aber erwarte nicht, dass ich dich gewinnen lasse, so wie alle anderen es tun, weil sie wissen, wie es ist zu verlieren. Spielen wir Cowboy und Indianer, werd ich dich skalpieren. Spielen wir Krieg, werd ich dich vernichten! Und du wirst sehn, was das Wort „Blutgrätsche“ beim Fußball bedeutet.

„Aber natürlich unterschreib ich auf deinem Gips!“

Und jetzt folg mir. Folg mir, mein kleiner Sozialparasit. Ich spiel die Flöte und du schaust, was passiert. Dich und deine Artgenossen mit Flötespielen beeinflussen. Wie im Märchen verfallt ihr mir mit Haut und Härchen und ihr folgt mir im Gänsegang zu eurem Untergang.

Für eine Welt ohne weihnachtliche Spendenshows.
Kai Pflaume wäre endlich arbeitslos.

Denn die Welt ist nur echt mit 32 Zähnen.

Mein Freund Manu

Mein Freund Manu ist ’ne Wucht. Letztens schubste er an einem Buffet eine alte Frau ein wenig zur Seite und sagte dann bedauernd: „Verzeihen Sie, ich mache grade mein freiwilliges asoziales Jahr.“

Marburg

Marburg

Wo die heilige Elisabeth seit 800 Jahren auf
dem Wochenmarkt Rosen verkauft und
Zigaretten raucht

Marburg

Wo man Orientierungswissenschaften
studieren kann, oder war das woanders?

Marburg

Wo das Gepäckförderband am Bahnhof seit
Jahren kaputt ist wegen Marburgs Problem
Nummer 1: Vandalismus

Marburg

Wo jemand namens Mikado alles bunt
anmalt mit ganz komisch guckenden Katzen
(die machen mir Angst)

Marburg

Wo es im Herbst so viele Krähen gibt, aber
im Sommer nur ein einziges Freibad

Marburg

Wo die Wochenwerbezeitung „Win“
ungelesen im Wind verrottet

Marburg

Wo das freie Radio der Stadt ungehört im
Wind verrottet

Marburg

Wo auch die ihren Platz gefunden haben,
die sonst gar keiner will:
Burschenschaften

Marburg

Wo man sich nicht zu wundern braucht,
dass die Menschen die Autobahn, die durch
ihre Stadt führt, auch betreten

Marburg

Wo jedes Jahr ein Festival der
untalentierten Coverbands stattfindet, und
zwar ganze drei Tage

Marburg

Wo ich nachts auf Sinnespfade zum
Barfußgehen kacke

Marburg

Wo ich mit nassem Finger Fluchtwegpläne
auf LKW-Planen zeichne, bevor diese zu
Taschen verarbeitet werden

Marburg

Wo Kinder im Winter auf dem Klärbecken
Schlittschuh fahren

Marburg

Wo ich vor dem Büro für Stadtentwicklung
stehe und Durchhalteparolen rufe

Marburg

Wo man nicht weiß, was man da soll, aber
irgendwann ist man fertig damit

Marburg

Fuck You

Ich fahre nun schon seit 7 Jahren auf Poetry Slams. Ich habe mehr Zeit in Zügen als auf der Bühne verbracht. Mehr Zeit auf der Bühne als daheim bei meinen Frauen und Kindern. Mehr Zeit mit meinen Frauen und Kindern als im Bett. Mehr Zeit im Bett als in Ruhe. Und nun frage ich mich, was ich davon habe.

Ich bin so oft weg, wenn ich nach Hause komme, halten mich meine Mitbewohner für einen Einbrecher. Ich bin weg, obwohl daheim der Garten gemacht werden müsste. Ich arbeite gerne im Garten. Grade jetzt im Frühling. Grade jetzt im Frühling schaue ich gern aus dem Fenster. Daheim, wo ich einen Pfirsichbaum gepflanzt habe. War aber ein Sauerkirschbaum.

Wie soll ich das denn bitte erkennen? Hat ja noch nicht geblüht. Da haben sie mich verarscht, im Baumarkt. Obacht, sag ich! Überall wird man verarscht!

Ich habe auch einmal geblüht, war aber trotzdem nicht zu erkennen. Mit 17, bei meinem ersten Slam. Als die Leute zu mir sagten, dass meine Texte zwar ziemlich schlecht seien, ich aber beschissen aussehen würde. Aber sapperlot, ich war verdammt gut drauf.

Das war vor 7 Jahren. Seit 7 Jahren fahre ich nun schon auf Poetry Slams und habe eigentlich nur einen guten Text. Den so genannten Brot-Text, ein Liebesgedicht für ein Brot. 7 Jahre lang, immer derselbe Text, und der ist noch nicht mal von mir. Er ist von einem unbekannten Schriftsteller aus der Uckermark. Bei dem bin ich eingebrochen und dabei habe ich halt den Brot-Text im Bio-Müll gefunden. Der Typ wird sich auch gedacht haben: ‚Obacht! Jetzt wirst du grade verarscht!' Vor kurzem ist er dann an Hunger gestorben, während ich durch seinen Text in Wohlstand lebe. Eigentlich habe ich es gar nicht mehr nötig auf Poetry Slams aufzutreten. Ich bin alt genug, ich kann auch einfach grundlos von zu Hause weglaufen. Tschüss Mutti!

Bei Poetry Slams ist man nur 5 Minuten wert. Bei Poetry Slams kriegt man drei Getränkemarken und muss bis zum Ende warten, bis man den Siegerschnaps alleine auf dem Klo leer trinken darf. Anders ist es auch nicht zu ertragen. Wer dann noch nicht besoffen im Backstage-Raum zusammengebrochen ist, darf in der geschmacklosen Wohnung des Veranstalters auf dem Fußboden des Mitbewohners pennen, überbacken von einer Decke, auf der augenscheinlich und nasenkundig schon einmal ein Spinatgericht zubereitet, verzehrt und ausgeschieden wurde. Am nächsten Morgen bittet der mit Goldketten behangene und mit Trüffel-Öl eingecremte Veranstalter um die Bankverbindung. Er würde die Fahrtkosten nach und nach überweisen. Ich gebe dann immer die Bankverbindung der Scientologen Ortsgruppe Paderborn an. Sollen die doch das Geld nicht bekommen.

Das Haus kalbt mich in die offene Straße und ich finde mich wieder am Rand einer Stadt, an deren Namen ich mich nicht erinnern kann. Mein Gehirn hat, Gott sei Dank, längst aufgehört sich die Namen der gottverlassenen Pisslöcher zu notieren, in denen ich strande. Ich evakuiere mich also erleichtert in den ICE Richtung nach Hause. Im Gepäck einen Kaffee, den ich nicht vertrage, und eine Süddeutsche, die ich nicht verstehe, denn ich weiß nicht, wer Franz Müntefering ist. Nach drei Stunden fällt mir nichts mehr ein, über dass ich nachdenken könnte.

Ich denke gerne über mich nach, bin aber noch zu keinem Schluss gekommen. Aber ich kenne so Typen wie mich, ich bin ja selber so einer. Aber Typen wie ich können mit Typen wie mir meistens nichts anfangen. So weit bin ich schon. Toll.

Dann steigen Menschen in mein Abteil. Sie ziehen sich ihre Schuhe aus und essen stinkende Brote. Ich falle in ein Schutzkoma und bin sehr dankbar dafür.

Ich schlafe tief und habe einen Traum. Petersilie und Pfirsichbaum. Meine Mitbewohner haben keine Angst mehr vor mir und meine Kinder nennen mich nicht mehr „Uncle Slam“.

Poetry Slams werden verboten und finden wieder in den Löchern statt, aus denen sie gekrochen kamen. Damals. Als ich es noch spürte. Als das Mikrofon in meinen Fingern zitterte wie ein durstiges Schwert. Als wir noch nicht wussten, wie sehr man uns verarscht.

Vor kurzem habe ich einen 14-jährigen Slammer getroffen. Das muss man sich mal vorstellen: Die Brut vermehrt sich! Er faselte in Jugendsprache irgendwas von Niveau und mykenischer Minnetradition. Hinter ihm versank die Sonne im Wind. Der Horizont verlieh seinem jungen Gesicht eine Tiefe, die mir den Weg in die Zukunft wies. Ich trat ihm gegen sein linkes Knie und trank seine rechte Punica leer. Ich habe ihn nie wieder gesehen. Gut für ihn.

Ich habe mich halt nie als Dichter gefühlt. Das liegt wohl daran, dass ich Dichter nicht leiden kann. Ich kann ihnen nicht zuhören.

Nicht zuhören, wenn draußen der Schnee fällt. Schnee, der die Welt beschreibbar macht. Eine Stadt, die ich nicht kenne, dient als Unterlage, die ich nicht überblicke, für ein Gedicht, das ich ablesen muss. Ein Gedicht, das meine Schuhe in den Schnee schreiben. Es ist mein Nachhauseweg. Der Weg zum nächsten Poetry Slam.

ISBN 3-938470-35-6

€ 6,00